鄉愁

鄉愁
不是在別後才湧起的嗎？
而我依舊踏在故鄉的土地上
心緒　為何無端地翻騰
只因為父親曾對我說：
「這片地原本是我們的啊！」
鄉愁
不是在別後才湧起的嗎？

族韻鄉情

林志興 詩集

—感謝—

感謝
我親愛的妻子
莉吉漾
西姑（高玉枝）
惠予我的一切鼓勵和協助。

感謝
我敬愛的朋友
溫奇（高正儀）
惠予我的建議指導和鼓勵。

—代序—

蜂

我像栖栖惶惶的蜂
在一畦畦開墾殆盡的園中
尋找一種瀕絕的野花

為同是大地子民
卻已垂垂將絕的它
尋一方可以續命的園圃
公平地迎享陽光

我忙碌，是為
承沾滿身的花粉
著向我遇到的
染住遇到我的

我費心，是為
汲煉它的蜜汁
為世間調引新的風味
感受另一種妙美的存在

—導讀—

情韻的密碼

在上個世紀九〇年代，台灣文學界指認出現了第一批原住民作家，確認「原住民文學」的出現是在「被壓迫」並且「族群自覺」後所由生的書面抗爭隊伍。於是，原住民文學率爾進入台灣公共論述而被議題化，「被壓迫」與「族群自覺」的肌理從而定調為「本土化」、「自覺性」與「抗議精神」的原住民文學，此單向度流風乃糾纏、迷惑、魅影以迄今，忽而略之原住民文學產生的基礎是賴語言（母語、神話、傳說、歌謠）作為起點。恰恰是在原住民作家冒起的九〇年代，排灣族的溫奇（Ljavuras Giring）與卑南族的林志興（Agilasay Pakawyan）彷如相互唱和的詩作，則少見台灣文壇對原住民文學的注意與討論，這一方面是兩人的作品鮮少發表在報章雜誌，又一方面是兩人的詩作似乎是隱晦的、自我的，疏離著論者所以為的「原住民文學」，於是在解讀台灣原住民現代詩史的脈絡上只能顯現片面、單向的發展。幸而在三十幾年後的二〇二三年，溫奇結集詩作《風吹南島》、林志興結集詩作《族韻鄉情》，得以彌補、豐富台灣原住民現代詩史的空缺與單薄了。

千禧年之前，在原住民文學圈，同為流傳祕密的、隱晦的、似有若無的詩歌夢幻逸品當屬林志興自印二十本、僅流通於親友間的《檳榔詩稿》詩集與溫奇「南島詩手稿」系列（《練習曲》、《梅雨仍舊不來的六月》及《拉鍊之歌》）。我曾經不只一次在台灣山林的暗夜追索、尋覓，卻始終緣慳一面，直到二〇二二年聯繫上詩人溫奇，在台南一家餐飲店暢談一夜，始獲三本自印手稿詩集。二〇二三年六月或者七月，才又與詩人林志興在台東橋頭飯店旁高架橋下一處「心遠地自偏」似的尋常桌椅上，當世界正翻天覆地時我們只是談論了一夜的詩歌，談話的內容或許龐雜、紛繁，但我們總是緊扣著謬思那激發詩人靈感的精簡又純粹的事物。

仔細爬梳兩人的詩創作，溫奇的「南島詩手稿」系列始於一九八八年十二月的〈薔薇〉，止於一九九四年四月的〈火車之旅〉，停筆約二十年，近幾年才重拾詩歌創作。「檳榔詩稿」創作年代從一九八七年三月的〈重燃希望〉，到一九九一年，「檳榔詩稿之後」創作年代從一九九二年以迄今。換句話說，林志興作為一位詩人，詩歌的創作從未停歇，且詩歌內容迥異於溫奇「南島詩手稿」——約莫一九九〇年代前後寫成的詩歌，是回應解嚴之後，台灣原住民尚未正名前夕的苦悶時期，集隱遁、苦痛、禁聲與自我解殖於一身的創作——離鄉的情懷經由林志興的筆調轉化為有趣、好玩、從眾的大眾文學，這恰恰是卑南族、阿美族詩（歌）之文化密碼早已深藏在詩人的生命胸腑（父親為卑南族人，母親為阿美族人）。

詩歌傳唱的一個作用就是把一個抱有幻想的昨天以及明天銘刻在人們腦際。在阿美族、卑南族所傳唱的所有故事中、陸森寶跨時代傳唱的部落音符、林志興的故事及其家族、子女動人的故事，可以確認是詩人林志興創作不斷的文化密碼源流。這第一個特點正是詩集《族韻鄉情》裡可以歌之詠之的「韻」。

穿上彩虹衣

你那衣服真漂亮
虹彩的布上
繡滿了紅藍綠白的樣
有花有草奔騰著獸
有山有水飄擁著雲
更綴掛了　像星星的小鈴噹
叮叮噹噹
叮叮噹噹的伴著
你那快樂的舞步
響遍平原和山崗

你可是天天穿著　倘佯

不是　不是　現在
這曾蘊含了天地萬靈的衣
一年四季

只敢　在跳舞的時後　才披

〈穿上彩虹衣〉（p.248）之外，詩作〈瀕滅的傳統〉（p.58）、〈我們是同胞〉（p.60）、〈鄉愁〉（p.76）、及〈走活傳統〉（即紀曉君以卑南語演唱之〈神話〉）等，由表弟陳建年譜曲，收錄到《海洋》專輯，以傳統部落歌謠和現代音樂交融，激盪在傳統與現代之間，藉由詩歌對原住民部落傳統文化的認同與展現原住民族歌謠的特色，流露出對族群的人道關懷，成為窺見卑南族、阿美族文化最直接的窗口。詩歌作為智力活動的窗口，不論詩人移動到任何遠離家鄉的某個天涯海角，也可以在身形孤立的異鄉、從夢中得到的靈感「看見」——家鄉族人的一顰一笑、日常生活以及歡樂或者困厄。我認為詩人林志興詩歌的第二個特點正是描述《族韻鄉情》裡可以思之懷之的「族」。

〈母親〉述及大寫的母親（族群）如何心惶子女。〈瀕滅的傳統〉感嘆在現代化的衝擊下「在你們身上／看不到祖先的模樣」。〈聯合豐年祭〉試圖挽回、記憶「族韻鄉情天地俱醉」的豐美文化。〈重燃希望〉是恨鐵不成鋼的「振起吧！／沉醉了的同胞們」。〈武器〉是祈願「手握著最新的武器筆／要去救／陷落在現代莽林中的同胞」。〈鄉愁〉思及土地正義，「只因為父親曾對我說：／這片地原本是我們的啊！」再有〈我當然知道〉論述民族的困蹇更需要民族自我覺醒的「肯定與欣賞」。這些詩作來自一九九二年之前的《檳榔詩稿》時期，之後延續創作的思之懷之的「族」詩，則顯現了更加成熟的、對民族未來的肯認。〈姆姆的想念〉，以溫柔、龐大的文化母體安撫族群的孩子，「娃拉克，不要驚嚇／那是姆姆在想念／想念化入星辰要悄悄地馳進你們的夢」。〈獻給石垣與布農的愛〉，更是溢出本質性的民族主義，相信不同的民族在愛的面前都要歡喜低頭，詩情脈脈，又不失頑皮、討氣。

你為魂縈夢中的傳說南來
尋求那沉積了千年以上的情緣
我是等待英雄歸來的布農女兒
癡情盼望神話般的愛情故事

你終於為我圍上了一方小小的石垣
求我共度一生
面對八重山波波直直跨海湧來的熱情
我能說布農嗎？

（〈獻給石垣與布農的愛〉第三、四節，p.130）

我想我應該盡少的干預作品的解讀，不希望作品被自己的鑑識（見識）所左右，因為我們的鑑識在詩歌的面前是最微不足道的事物，詩人所忠於的從來是他的想像，而不是假設有一個「實存的現實」供給詩人提存創作，正因如此，企圖在詩人鋪展的詩歌地誌鑑賞實存之物總是讓人徒勞無功，之所以如此，那是因為詩歌不是用來取悅，而是帶來感受——從痛苦中昇華喜樂、從罪惡裡長出花朵。詩人林志興的第三個特點，或許就是從痛苦中、從罪惡裡讓人感受的喜樂以及花朵，很可能也是詩人的終極關懷。

上個世紀九〇年代前後，台灣社會正值翻天覆地的變革，社會運動紛起，台灣原住民族權利復振運動席捲山海原鄉，此其時迸發出第一批在「被壓迫」並且「族群自覺」後所由生的書面抗爭隊伍（原住民作家），相對於這樣的抗爭隊伍，詩人溫奇隱遁在保守的高中校園，詩人林志興側身政治光譜上更加保守、反動的高雄市救國團。在原住民文學的抗爭旗幟底下，兩位詩人被認為是並不想給人留下印象的逃脫派，他們尋求的是孤獨、陰暗或許加上自傷（自印少本詩集、拒絕市場流通、不合時宜的創作），這樣的揣測不僅極端也無的放矢。溫奇膾炙人口的〈山地人三部曲〉寫於一九九〇年九月，精準而具象的統攝了原住民族被收編在國家現代化的處境。詩人林志興在〈保守者的自白〉四十八行的詩作（《族韻鄉情》p.30～34，推測創作時間在一九九〇年），早已預測了原住民社會、族人將化為保守者，「這世界變亂了／擾亂了我心中的秩序／價值變質／原則難循／造反有理／罪惡抬頭／希望落空／一切都化做語音的巨輪／轟轟輒碎我的身／一切都化成文字的箭／蜂擁射穿我的心」。更有日後一首又一首比起在「被壓迫」並且「族群自覺」後寫出的更加細膩、肯認民族文化肌理的作品。

閱讀林志興的《族韻鄉情》只要記住一件事就夠了：上個世紀下半葉，任何一個想為原住民族辯護（政治的、社會的、文學的……）的人，都必須是在台灣這塊土地上像個倒行逆施的人，一個不計什麼利益的人，就像詩人林志興的詩歌，為我們帶來——從痛苦中昇華喜樂、從罪惡裡長出花朵——的那種感受。

——瓦歷斯．諾幹

2023.10.23

目次

【輯一】檳榔詩稿（一）

鄉情篇

【輯二】檳榔詩稿之後

目次

族韻鄉情

【輯一】檳榔詩稿（一）

偶拾篇

我的女兒

未出世的時候
爸爸和媽媽
百般想像
千般揣測
萬般期盼
都不能塑模妳的樣

到出世的剎那
竟難以接受
你是這般模樣

像氣球灌氣
慢慢地長成
再仔細端詳
原來是這個樣

從此
爸媽開始了不休的爭論
爭妳像誰

我的女兒啊！
不論妳像誰

爾後的歲月

只盼妳
快快樂樂的長大
好好的把握方向
別讓爸媽失望

‧1988／2，寫於高雄之宅

鐘乳石

不敢相信
你那晶瑩剔透的微軀
竟捱了千千萬萬個歲月
千千萬萬個歲月

倏忽間
我惶惶地掩面哭泣

• *1988／3／15*

這一生如太陽多好

初如旭日之燦
破海沖昇
行如彩虹之絢
串起斑斕

即便是
最後一刻
也不忘
噴放出所有的赤血

染遍天下
烘暖人間

・1988／6／9

上帝是大藝術家

上帝是大藝術家
心血來潮的時候
就把藍空當畫布
隨手沾些雲彩
著它幾筆
就有似像似不像
惹人意綿綿的畫
順手和些泥水
雕它兩下
就有愛笑又愛鬧

惹人愛憐憐的孩子

・1988／6／9

後記：從機場回家時，見藍天中有似龍雲彩，隨夕陽變色，乃歎天工之巧，造化之妙，正欲入詩時，娜羔坐於學步車上，不時迴繞至旁，引我注意。時而歪頭睇笑，時而伸手牽衣，有時更張臂跳腳，純真中有些嫵媚，意態憐人。

命運

我忐忑地坐上飛機
諸多可能的悲愴佔盡了腦海
綁架脆弱的心靈
教唆想像奔向末世
一切變得不能掌握

機輪輕撫著厚實的地面
狂騰的風雲嘎然而憩
不確定的感覺迅拋九霄
安適地躺進

母親暖懷般的椅中
才坐享卻瞿然驚覺
我竟在更大的飛行器上

江南的梯田

江南的梯田
總是高高地綿連入雲
在春風北渡時
要讓它爬暖身子
好卸下
那潤世的綠袍

失敗的心

失敗以後
假設就湧現
每一個假設
又牽連出許多的幻想
幻想導人入夢
總是不堪的夢
然後又從另一個假設出發
獨獨不能面對那唯一的事實

夜耕人

夜厭厭地
凝不住一個主題
魂魄星散到宇宙最遠最遠的角落
杖筆徹夜追串
哪料到
一頭裁進片片翻飛的紙雪中
被吸入更深更沉更迷的
黑洞

渡頭的聲音

我避黃昏到渡頭
海水依舊拍岸吟詠不變的調
「沙啦，是啦！沙啦，是啦！」
不懈的渡輪燃燈低沉沉地應著
「不不不不不不不不不。」

保守者的自白

這世界變亂了
擾亂了我心中的秩序
價值變質
原則難循
造反有理
罪惡抬頭
希望落空
一切都化做語音的巨輪
轟轟軋碎我的身
一切都化成文字的箭

蜂擁射穿我的心

我逐一關上
耳道、目窗、心扉
不讓電視入眼
不許廣播入耳
不准報紙入房
築起堡壘堅壁清野
把世界甩在外頭
孤絕把我封固

寂靜把我凍結
安安地悠哉在自以為是的世界
稱孤道寡

可是我心知道
它依舊在那兒
如釘牢牢地釘著
釘著我的不甘
如韁緊緊地拴著
拴著我的臆測

不甘的臆測
悄悄地如蝸牛
怯怯地伸出觸角
一碰就收收了又伸
伸收之間
又重臨那熱騰騰的修羅

外面
世界還是世界
混亂依舊混亂
裡面

卻在不知不覺中摸著了頭緒
於是
從這頭旋到那頭
從那頭旋回這頭
高唱著
無序的世界有序的心
不怕張起耳來撐開眼
順呀！不順！都請進
我要順著不順來順心
你看心順身順事事順

母親

大海，你真壞心
竟在夏日的午後
披上那襲寶藍色的禮服
緩擺裙邊白色的蕾絲
誘喚
被日神鎮晒在教堂的小孩

當年
夏娃擋不住蘋果的潤紅
爾今
純真的娃娃[1]們呀！

1：娃娃，阿美語亦為小孩之意。

也忍不住地
奔投那一片水藍
暢浸一季的沁涼
誰顧得先知的警告
海妖的陰笑

神父怒吼了：
「你們不知道嗎！
美色的背後，躲著撒旦
酣人的境地，就是煉獄
　你們不知道嗎？」

於是，上帝的使者
高舉起祂的鞭
無情地向著
待罪之身
揮劃犯錯的紀錄

哀號，引來另一位使者
忍候在一角
滾著汩汩的淚水
懇求天父
赦免她的女兒

生日禮物

祝您生日快樂
一句平常的話
送您一件禮物
我的詩集
薄薄的三十頁
不過是撕去了一千兩百張日曆
用些野花和小草編成的東西罷了
我只是想藉著它
向生命致敬

祝您生日快樂

蚊帳裡的一隻蚊

捐血一袋二百五
你那一叮能幾何
擾得我恨癢癢
折騰了個大半夜
非把你揍扁不可

不悔水

壩前的流水呀！
瞧妳奄奄如氣盡的水蛇
還依舊流連徘徊
可是在等待一場暴風雨
好一舉衝過攔壩
衝出山谷
衝向夢的大海

臨崖的瀑水呀！
妳為何從不反顧

一頭栽向千仞之下
撞開大地
可是要證明妳那柔弱的微軀
也能刻出生命的偉跡
印入地心

・1990／6／8

發暈

意識老愛權威地指導
行為卻不斷地反抗
人，就這樣
從亙古以來
總是
擺盪發暈在
堅持和自由拉扯的漩渦中

• 1990／6／24 凌晨

包袱

生活如秋，命運是風，而我為葉。
茫茫地拎起行囊，如葉遭風，捲向城市，
謀生。
眾親友來在小村路口，送行。
有朋友勸：「那是包袱，用不著，留下吧
好走些。」好意見！
有朋友諫：「那是依靠，用得著，帶走吧
走好些。」意見好！
帶？不帶？袋猶在懷中；勸和諫就在路口
對衝起來了。

勸者取，諫者止；拉扯間，我的行囊散碎一地。

任行囊散碎一地，眾人都不顧，只顧堅護自己的立場。

混亂中，我重拾那怎麼也不可能恢復原狀的物件，拼湊篩選，再裹一個包袱

走出他們，

行向天涯。

• 1989年平安夜寫於辦公室

拔河

隔岸拋出浪漫的粗繩
硬要將你挽住
待瞥見
足下揚起的塵埃
身子劃濺的水花
拖如流星飛逝
才初識
狂妄的可愛
才了然
嘆息的無奈

孤獨

我吶喊在
荒寂的野原
如螢光射日
無影無蹤

我狂呼在
翻騰的群肆
頂層層聲浪
沒入巨吞

終於頹然在
黯暗森沉的黑夜
喃喃地呻吟

喃喃地喃喃地
又觸慟了
一個兩個萬個億個細胞
如烈油爆燃熊熊火星
向蒼穹再
孤獨地噴入虛無

太太的情人[1]

太太愛上了別人
那人是
皇后魔鏡中的幽靈
害得她
得空就伴他對話
沒空也戀戀苦思
才清晨
她已痴痴凝望
到淩晨

1：多年後2014年，有友人陳雪惠老師在其博士論文中（頁221）建議詩名改為「外遇」更適合。

猶倦倦不肯分離

悄悄地悄悄地
先生不敢怨妒
怨妒誘人的電腦
因為
先生也有了戀人

先生的戀人
藏在書中
躲在字裡行間

他們愛在格子園裡的
孤燈下幽會
更喜歡
徹夜把熱情灌注到
一畦畦的園中
巴望著
一畝畝的詩果

夢中的天地

竟在湖底
靜靜地臥呈著
夢中的天地
乃以蒼鷹的急姿
步武李白
而世界碎成星海
泱泱泓水

冷冷地冰封住
一顆熾熱的心

【輯一】檳榔詩稿（一）

鄉情篇

賀卡

如果長大成人
就是要離開故鄉
如果邁向現代
就是要奔向四方
那我寧願回到從前
誰堪相思惆悵

罷！罷！罷！
這奓侈的願望
不求也罷

在想念的日子裡
只能將小小的賀卡
寄上

我祈禱
時光倒流仍在一堂
聊過白天話盡黑夜
我祈禱
歲月快轉不久相見
攜兒牽女互訴滄桑
看他們擾嚷
再覓當年歡暢

後記：本詩原是寫在賀年卡上，記得陳建年曾為之譜曲，很好聽，但從未見其公開演唱發表過。

瀕滅的傳統

爸爸操一口流利的東京腔
媽媽最愛和服的姑娘
而他們說我像個北平郎
於是驕傲常掛我臉龐

快樂的姆姆[1]啊！
為什麼
蹲在幽冷的屋角
不說也不唱

1：卑南語，祖母意。另亦指稱所有的女性祖輩。

姆姆悠悠地哀訴
是我老眼昏花了吧？
在你們身上
看不到祖先的模樣
是我雙耳聵聾了吧？
聽不懂你們口中
嗡嗡的語聲

我才惶惶驚覺
生在希望的台灣
長在無望的山地

我們是同胞

山地人也好
平地人也好
我們都已是這裡的人民

先住民也好
後住民也好
我們都已是這裡的住民

我們不是敵人
所以

請你要尊重我
讓我來欣賞你
因為
你曾在佛前跪求千年的緣
我更在主前應許萬年的諾
我們是同胞

聯合豐年祭

熱情的夏季
我們豐收
七月的山祈海祭
大家歡慶
阿雅布排卑魯族[1]
匯聚的震撼
人神共躍的舞儀
閃耀東台
族韻鄉情天地俱醉

1：略稱台東縣內六族：阿美、雅美、布農、排灣、卑南及魯凱。

卡巴哈[2]，唱吧！
跳吧！卡有韻[3]
但願
與神共舞與天同壽

舞祭的祭舞
傳統的搖滾
當今的絕唱
未來的夢嗎？

2：阿美語，意指剛成年的年輕人 kapah。
3：阿美語，指年方成長的姑娘家 kayoin。

重燃希望

醒醒吧！
沉醉的同胞們
睜開您的慧眼
敞開您的心窗
理清我們的迷惘

傳奇
神話
隨著代代的口傳
傳出來的悠揚魂脈
成了方方塊塊的字磚

封堆在高閣中

振起吧！
沉醉了的同胞們
重回遺忘的山崗
揭起蒙塵的往事
審瞰未來的方向
在茫茫歷史的瀚海中
把責任的帆高張
重燃瀕滅的火苗
重燃希望

・1987／3／25 凌晨

逢

小時候
妳像溪畔的小百合花
純潔地讓人只敢遠觀

長大後
好像神話中的月娘
甜蜜地走進我的夢鄉

後來呀！
妳穿上虹彩般的洋裳
飛向城市

讓我失魂地佇立在殘陽

而今
妳我竟邂逅在異鄉的小鎮上
愕視於寂窄幽冷的旅店

隔著半啟的門扉淒淒默對
容顏槁灰湧起紫霞的是妳
塵面如霜掛落水簾的是我

被老天捉弄的時代
能說什麼？

武器

名叫戮外[1]的祖先
手握刀弓
殺向窺探的外人
變成英雄

榮稱戮外的法基[2]
肩抵土槍
射向扛著紅日的兵
變成罪人

1：戮外之名取自阿美族 luway 之音。
2：阿美語，不分是直、旁系或是親戚，只要為祖輩男性長者，皆以此稱謂稱之。通常為祖（外祖）父之稱謂，然舅舅亦同此稱謂。

稱作戮外的阿瑪[3]
則時常偷偷地攜著槍
奔向山野
還原成獵人

被命名為戮外的我
現在
手握著最新的武器筆
要去救
陷落在現代莽林中的同胞

3：阿美語，凡為父方父輩男性長者、或如父輩陌生長輩，皆以此稱謂尊稱之。通常為父、伯、叔之通稱，此處則指伯叔。因傳統阿美族人取名，皆從親輩長者中取名，然需遵守「男不能同父名，女不能同母名」之諱，餘則不忌（例男取叔、舅或祖父輩長親之名。女取姑、姨或祖母輩長親之名），是故，只要有所成就，後人即爭取其名，有效法意。

路

路是利刃
縱橫揮劃
把青翠山容
黥上雜亂的紋

路是抽血管
從四面八方
蜿蜒鑽進山的心臟
像水蛭貪吮豐沛的血

可是，我知道那不是你的罪過
路呀！在你背後的
才是饑餓的狼
只知生吞活剝
才是貪婪的菌
只欲分解溶噬

為什麼
寧肥平原而瘦青山

顧視

我要淩風騰空去顧視那驃馬[1]的原野
藉雷神的光眼搜尋面目全非的家園
引雨娘的淚河洗盡惹滿塵埃的她

1：「卑南」是音譯的族名，在各種文獻上有多不同的譯法，我最愛「驃馬」之譯，因為它比較接近我所期望的民族精神。

願爲一顆星子

這世界需要光
做不到太陽的偉大
那堪比月華的潔美
若為星子
能高高掛上漆黑地天空
我願燃盡生命的油膏
為人間擠放一點微明

夜談

話題如風
在你我之間
千轉萬轉
時時撩撥
把思想的火苗
熊熊燃起
烘得人人臉兒透紅
心兒發燒

從芬暖的客廳蕩至淒苦的波濤
從擾嚷的平原轉上寂冷的山巔

從幽渺的從前跌入滄桑的現代

總是在杯觥交錯中
話盡黑夜
總要到壁窗透光
才想沉沉睡去

早起的女主人訝然嗔問
「辛苦為誰？」
我們都搶著說
「鬥爭黑暗
獵光明給你」

鄉愁

鄉愁
不是在別後才湧起的嗎？
而我依舊踏在故鄉的土地上
心緒為何無端地翻騰
只因為父親曾對我說：
「這片地原本是我們的啊！」
鄉愁

不是在別後才湧起的嗎？

廟

目光
左轉彎右轉彎
越過溪跨過澗
爬過了一重山兩重山
望向
山間輕夾住的一片雲
雲上一輪紅艷艷的夕陽
灑照一片金霞
好迷人的山河家園
長老說：

「萬事萬物都有神靈
從亙古守護那處
人要懂得敬畏
經過的時候要占卜求教
請託的時候要虔心禱告」

「可是！長老啊，
我的占卜神靈都不應？
我的禱告神靈都不聽？
是不是
那路彎處的廟

那溪澗畔的殿
那半山腰的宮
佔住以後
都把祂們趕跑了！」

啟幕的剎那：後山的傳奇演出感懷

拿起畫眉筆
先在臉上尋刻傳統的影姿
再提起有若虹彩般的舞衣
莊嚴地披掛上身
準備登台

舞台是文明的戰場
不奪人命
專獵人心
就在今夜

我要讓後山的傳奇
響喝雲霄

當掌聲誘開厚幕時
千百對目光如炬
逼射而來
引爆
已達燃點的心緒

山音絕響
破谷而出

我們攜手邁步
牽引神話
奔赴光明的舞台

呀！眾目睽睽紛亂了我的心
別怕！兄弟
踏出此步即創歷史
呀！霓光如焰灼痛了我的身
伙伴，別怕！
鳳凰浴火是為重生

那一聲

你我如飄蓬
洽在芸聚了數百萬人的都市
的一個轉角
邂逅如浮萍

躲在鏡片後的是
如捲簾重重又深深的眉目
藏在胭脂粉彩下的是
猶未掩盡的本色
匆匆的步履依舊擺不脫

月光下檳榔的影姿

「啊！同胞」的直感

喚起一種衝動

旋被那

曾經

冒昧遭致的難堪

唐突烙刻的心傷

抑下

該不該招呼

霎時鬱成心結
就在擦身而過的暗嘆中
耳畔輕盈地響起如歌的音串
那麓灣

驀然回首
目光
笑影
肯定了一切

卑南遺址

人們只見到那片
帶著弦月洞的巨石板
問不出
到底孤獨矗立了幾百年
就幫著創造栩栩的傳說
擺平心中冒起的突兀
說是卑南王的石碑
說是遭天譴之邦的一隅[1]
說是

1：在卑南族的神話中，遺址所在地是敵人的部落，有兩位親愛的兄弟，因飢餓偷取他們的作物時，哥哥被補，弟弟費盡思量，終以風箏救出，卻發現哥哥遭囚期間，被迫餵以各種毒蟲穢物，此事被精通巫術的姆姆（mumu 老祖母）所知，遂以巫術令天暗地動摧毀該部落。

要不是為
南迴的火車弄個家
怪手才不來刨開歷史
要不是因
貪財的盜墓賊
引不出
力挽史實的學者

更不會知道
巨石底

土壤中

一公尺下
竟會有
難測方圓的居址
靜靜地鋪躺著
數以千計的石棺
緊裹著
三千年以前
活躍在這一片原野上
的靈魂
我從

窄窄方方
注滿泥土的石棺裡
小心地刮除
不含生命油脂的塵土
清出您
別世後
直身仰躺的永恒影姿

三千年
老人家
您比老子還老幾百歲

想起
那則天譴的神話
您究竟
是敵人？
還是祖先！
我們竟如此相見

不論
您是祖先
還是敵人
如果有知

請告訴我
眨眼間
是滄海桑田！
還是
青山綠水都如故！

我當然知道

我當然知道
有許多可愛的姐妹淪落風塵
有許多親愛的弟兄屈身地底
有許多苦難的同胞游移都市
有許多寂寞的父老枯守家園
不必你強調

我了解你的心
但，請不要
一開始就提這個問題好嗎

讓我誤以為熱情的你
只懂這些

你可知道
在關懷、同情、憐憫的滋養下
我們成了
可憐的落魄人
必須拯救的負擔

我們固然需要關懷
我們固然需要同情

我們固然需要憐憫
我們更需要肯定和欣賞

族韻鄉情

生活
推我們走出家園
理想
拉我們遠走他鄉
像散了線的琉璃珠
落在港都的各個角落

為著睽違已久的
族韻鄉情
撐起片片海報

效不辭勞苦的帆船
航向人海
召喚終年辛勤的同胞們
毋忘九九重陽登高日
四方來聚
牽手串起不應陌生的心
異口同歌不該遺忘的情

後記：本詩係為高雄市山胞同鄉會設計「七十九年度豐年祭」海報時所作。

請借我太陽眼鏡

驀由蓬萊的古夢中驚醒
這世界
已遍燃詭豔的火光
伴隆隆雷聲漫漫逼攏而來

請借我太陽眼鏡
濾淡灼目的狂焰
擋一擋它的囂張
好看清楚
這般人間

可還有生路
免遭烈火
燒得無影無蹤

最

你是我
最殷殷的依託
最切切的期盼
也是
最烈的不甘
最沉的負擔
最不堪的無奈

母語

浸在綺麗迷濛的甜夢中
你用的是什麼話語呀！

禁不住痛疼哀號的時刻
是什麼樣的聲音
旋出你的口呀！

應是藏在心田底處的族聲！
可是？
我的朋友

請聽我心底的嗚咽
它們竟來自
遙遠的東京和北平
而不是
安娜哭！[1]
阿拉拉！[2]

1,2：卑南語、阿美語及排灣語中的哀號之音。

【輯二】檳榔詩稿之後

高速公路上的候鳥

高速公路的
北端是校園而家在端之南
隨星期交替，我是隻候鳥
　惦念著功名南下
　戀戀著親情北上

匆匆過渡的驛站
有一口老鐘
他的錘總是規律地擺盪出
一抹苦苦地笑弧

笑我比他更酷

• 1992

公園裡的托盤少女雕像

如果妳能動，妳那僵臉一定盈滿甜笑
如果妳能動，妳那雙眼一定湛發柔波
如果妳能動，妳那胸腹一定波盪氣息
如果妳能動，妳那髮絲一定流轉飄揚
如果妳能動，妳那裙襬一定隨風搖曳
如果妳能動，妳那腰足一定雀躍舞蹈

可是啊！美麗的小姑娘
是哪一位魔術師下了咒語
把妳僵僵地定在這兒？

命妳拖著重重的盤子

直—到—永—遠……

啊！如果你能動，妳那雙手一定又酸又累

「藝術是抓住刹那成為永恆」

誰！

誰在對我說話？

是妳嗎？孤寂的小姑娘

• *1993*

姆姆[1]的想念

如果涼風忽然吹起
孩子啊，不要擔心
那是姆姆在想念
想念化做陣陣地清風來親吻你們的臉

如果天空忽然下雨
娃娃[2]啊，不要驚慌
那是姆姆在想念
想念化成長長地雨絲要撫梳你們的髮

如果流星忽然劃過

1：卑南語稱祖父母輩「姆姆」（mumu 或簡稱 mu）。
2：很巧，阿美語孩子也像漢語叫「娃娃」（wawa）。

娃拉克[3]，不要驚嚇
那是姆姆在想念
想念化入星辰要悄悄地馳進你們的夢

如果深夜裡的墓地
忽然飄舞幽幽的藍光
吉沙啊，迪雅娜[4]，不要駭怕
那是我，那是我
怕被你們遺忘在另一個世界的姆姆
向你們招手

• 1996

3：卑南語稱孩子為 walrak。「拉拉克」（lralrak）是複數「孩子們」。
4：吉沙（kis a）和迪雅娜（tian a）都是卑南語中，長者呼喚晚輩的暱稱，前者用於男孩，後者用於女孩。

無名小站

這麼小的一個站
連月台也無
隔著車窗望外
站外就是一片荒蕪
是誰
怎麼樣的人
會在這裡停靠？

一列急馳的特快車
飛奔錯車而過

只留下空野中的隆隆之聲
和我心中的疑問
是誰會在這裡停靠？

• 1996

雙盲

爸爸說：不要罵，上學不會怕
媽媽說：不要罵，上學好好話
聽了爸爸媽媽的話
高高興興的上學去
上學去，上學去，見到老師說早安
馬腦棒，司馬棒，原來是semabalran
老師問我說什麼話
我說不要罵[1]
老師聽了很生氣
氣到不想罵

1：puyuma是古卑南社，今南王部落的族名，但日常生活中族人常以諧音「不要罵」開自己的玩笑。詩中所言之歌為陸森寶所作之〈美麗的聚會〉。

老師老師不用氣
唱首歌來讓你聽
包你不生氣

不來呀，不來呀，一路挖土揁
不來呀，不來呀，一路你撒網
夯土看那麥當勞
阿拉木哇讓他打
怎麼啦那樣打了他
哎喲喂害呀

・2000.04.26

吉他媽媽

一把吉他
靜靜的吉他
不去惹他就不出聲的吉他
是最了解我的明白的媽媽

她一出聲
就像山溪淙淙
就像瀑布咚咚
撫慰寂寞的心
擁抱落魄的人

咚淙咚淙咚淙淙
寂寞的孩子愛纏她
緊緊地抱著她
傾吐寂寞與不平

可是呀！為什麼？
咚淙咚淙咚淙淙之聲
漸漸變成
空洞空洞空洞洞
漫向無邊的夜呢？
原來吉他媽媽的大肚子裡

也裝滿了沉沉的寂寞
要向人傾吐

附記：寫於2000.06.06。
曾發表於《原YOUNG》
23期（2007），頁60。

悼馬淵東一先生

在書中認識您
從您認識祖先
您的容顏依然矇矓

生前異邦之地
死後魂住之鄉
您的影姿恆留池上

遺憾無緣當世請益
謹以浮酒聊熄殘念

想您的靈魂正與我的祖靈
相宴天國之中

附記：2000年8月29日獻於部分骨灰選葬池上的日本人類學家馬淵東一逝世第13年掃墓祭中。後有日本學者宮崗真央子教授翻成日文。收在笠原政治撰〈馬淵東一先生の墓前に集う（聚集在馬淵東一先生的墓前）〉一文中（日本順益台灣原住民研究會編，《台灣原住民研究 》第5號，頁245-249）。

深夜鄉音

——讓人失眠
的廣播節目

完美到令人沉醉
李季準可以使人入睡

今夜的頻道傳出
他遠從三百六十五里山路外
引來了一段如歌但變奏的夜語
為都市的夜
帶來了山嵐的清新

銀鈴妙腔既準又不準

溫香軟語
述說無盡的理想

完美的美感
不完美的美感
交叉撐住了我
一夜想闔的眼

・2001.07.29 清晨

也許

早知道四月十三日晚上是你說話的最後機會，
我就正正經經地跟你講到明白。
早知道四月十五日是上主召見你的日子，
我們就早早耐心聽完你那說不完的故事。
早知道這次是你最後一次進場保養，
我們就先把你世間的債全部算清楚，
好叫我們不必承受那難以承受的重。
直到如今，懊惱、悔恨仍舊盤據在我們當中啃齧。
若要狠狠地算這筆帳，我的心認同姑媽的控訴再卅年、六十年也願意和您糾纏到底。

現在，我仍不覺得你已改變
因為，你看起來還是你，
你還是用那大家早已習慣的姿勢
卅年囉！卅年囉！躺在那裡
現在，你只是不語，好像，好像還忘了為我們呼吸！
唉！
pakawyan 家族的接線生打烊了！
pakawyan 家族的張老師歇息了！

四月廿二日，連那躺在我們面前可觸可見的身體，都要清空了！

你說，我們該如何去面對逼迫而來的虛與空！

啊！頭七，一個可以期望的異教通道，於是早早去等一個夢。等到犬吠的清晨，才似醒未醒地感應到一位披袍無言的人影，坐在近靠書廚的角落。無言，不語，只是將手往書冊中撥動。我看到了，那些書背上的字，隨機組合著你慣用的語彙、概念，還有你的各種名字！我知道了，眼一打開，天亮了。

也許，該從整理你的資料開始，讓它們再一次復活你

也許，該為你建一個網站，讓你的音容永遠保鮮

也許，該保留你的重要文物，在紀念你的日子裡，再一次與你相逢。

也許，該用你的名字，聚集與你心意相通的人，
把具體的你、抽象的你、有形的你、無形的你
傳下來……活起來……
也許，還有很多也許

・2006

附記：一沙鷗（Isaw）係作者之叔，年27因傷癱瘓臥床三十年，僅憑口刁筷子操作電腦而成為文史工作者、音樂作曲人，為此而得別號「啄木鳥人」，其生命故事曾有不少媒體報導。通英日語，交友遍天下。本詩收錄在2006年4月22日告別禮拜程序冊頁17中。

向山林深處
追憶你的
典範

聽說你是一位怪人
不修邊幅
不屑世俗
千山獨行
在身後瀟灑遺下
「馬耳東風」一語
似啟　似警　似嘲　似諷

叫後生小子們
猜不盡你的用意

聽說不少你的狂狷佚事
留在田野
留在後輩的口中
成為新的傳說
逸出你嚴肅的學術著作
在我的心裡發光

是什麼力量把你引入
被視為蠻荒的異域？
是最文明的學術
還是最真誠的原始？

爾今
來自遙遠北國的故鄉　有一群人
來自永眠長臥的土地　也有一群人
同為你的一百相聚紀念
他們
張起馬耳
聆聽東風
向山林深處
追憶你的典範

• 2009

後記：2009年馬淵東一先生逢百歲，政大民族學系舉行的「第二屆台日原住民族研究論壇」（會場於國立臺灣史前文化博物館）特以紀念馬淵東一先生之名舉行兩天的學術研討會議。本詩以中日文同時朗讀發表於閉幕式之前，日文譯者是山西弘朗先生。

獻給石垣與布農的愛

你從北方來
我在南方候
隔渺渺的東海波濤
我們遙遙相望已數千年

你那方似我們布農傳說中英雄射日的天涯[1]
而我這裡聽說似你們神話源起的阿摩彌姑[2]

你為魂縈夢中的傳說南來
尋求那沉積了千年以上的情緣

我是等待英雄歸來的布農女兒
癡情盼望神話般的愛情故事

你終於為我圍上了一方小小的石垣[3]
求我共度一生
面對八重山[4]波波直直跨海湧來的熱情
我能說布農[5]嗎？

你儂我儂　特煞情多
情多處熱如火
滄海可枯　堅石可爛

此愛此情　永遠不渝[6]

你從北方來
我在南方候
隔渺渺的東海波濤
我們已遙遙相望數千年

1：居住在中央山脈的台灣原住民各族群傳說。過去很久很久以前，世界就已經有了溫暖化的生態問題，因為天上忽然出現了兩個太陽，熱得讓人無法生活，所以全體住民決定派遣英雄攜弓帶箭，再揹上兒子跨越重重的山脈到達東海天涯之畔去射日，路程遙遠，直到兒子長大才抵達，幾經戰鬥才完成世紀任務，射下一日化為月亮，讓世界恢復正常。當兒子循著父親播下的橘子的種子回到幼時就離開的故鄉時，受到人們英雄式的歡迎。

2：阿摩彌姑（アマミキユ發音比較接近「阿麻米久」或「阿彌米酒」）是琉球傳說中的創世女神（男神叫做シネリキユ，發音接近「喜內力酒」）。阿摩彌姑女神是儀禮與農作的創造者。沖繩人傳說創世的始祖是來自天上，也傳說來自外海，所以通常都到海邊或向海邊行祭祀之禮。

3：「石垣」是男主角石垣直先生的姓，也是他出生島嶼的島名，而沖繩，特別是石垣島吧，傳統居家建築，家家戶戶都喜歡用珊瑚礁圍成石墻。在中文，石垣就是石墻的意思，相信男主角能夠打造一戶有堅實圍牆的宅院，讓女主角安適幸福的居住其中。

4：「八重山」是沖繩的地名，指沖繩西南方最靠近台灣東部的群島地區，因為有很多島嶼（石垣是其中一座比較大的島嶼），一重山、二重山、三重山……不足以形容，就以八重山來形容。該地偏居日本國最南最西的位置，但是，卻是最貼近台灣的地方。可惜！他們的山最高才五百多公尺高，所以數千年來都沒有看到對方，要不然早就是親戚了。

5：這裡筆者故意轉成原住民口音，但願讀者能會心。

6：本段引用李抱忱譜曲改寫之詞，原為元朝女詩人管道昇（1262～1319年）之〈我儂詞〉。

・2009.09.19 晨完成初稿

・2009.09.20 近午二修

悼高一生

——讀浦忠成先生
「高一生傳記」及
原舞者「杜鵑山的
回憶」演出有感

泛黃的照片中的你
清俊頎長的身影　似文人
溫文爾雅的眼神　含詩情
沒有革命份子不羈的顏色
怎會落成叛亂的污名！

翻展書頁
聆聽樂音
讀你千遍
才在　太平洋風雲變色的脈絡中

認識你的先知先覺
才在　阿里山日出日落的生活裡
讀出你的質樸執著

單純的願望
誰知道會觸犯暴龍的逆鱗
誠懇的接待
怎知道將招致毒蛇的密纏
為什麼？
一生追求的文明開化
是一個更殘忍的世界

驀然
舞台上
一聲槍響
驚醒我　看見
那位
文明優雅的野蠻人
竟被野蠻的文明人
所殺

• 2009

附記：本詩後來收在山海雜誌社2011年出版，由林宜妙主編之《我在圖書館找一本酒：2010台灣原住民文學作家筆會文選》，頁54-57。

Balriwakes

——陸森寶紀念音樂會開幕朗讀詩

Balriwakes
你的音符像春天的風
來自大山　經過森林
流出大川　吹向海洋
懷著你那溫厚的親切
滋潤了 puyuma 的心

Balriwakes
你的才華像夏天的風
吸聚了熱帶的氣流

讓身體奔騰如風
讓樂音活潑歡躍
喜樂了 puyuma 的心

Balriwakes
你的志節像秋天的風
明明白白的放在心中
清清楚楚的披在身上
走向那該走的義路
乾淨了 puyuma 的心

Balriwakes
你的時代像冬天的風
那金戈鐵馬砲火如雪
那軸心敗落生涯歸零
那主義壁壘禁錮人心
你沉靜地回歸 puyuma 的心

Balri 是風 puyuma 的和風
緩緩地微微地
累積春夏秋冬
Balriwakes 是歷史的旋風

以 puyuma 為中心

帶動北西南東
讓 katadrepan 的孩子們
讓 Pakawyan 的孩子們
讓 puyuma 的孩子們
都能張開羽翼
迎著你吹來的力道　飛翔

• 2009

附記：本詩原收錄在山海雜誌社2011年出版，由林宜妙主編之《我在圖書館找一本酒：2010台灣原住民文學作家筆會文選》，頁46-49。構思之際，因發音些微之異而誤植balri為風之意，後經耆老指正「風」的發音為bali。再經多方詢問確認陸森寶老師之族名正確發音為Balriwakes，但有人會發成Baliwales。雖然，族語使用發生了美麗的錯誤，但無妨本詩詩意的發想。

taramaw 姆姆

童話故事裡的巫婆總是
穿黑衣　騎掃把　滿天飛

taramaw 姆姆
聽說你是巫婆
怎麼沒有看到你騎掃把飛向天？

taramaw 姆姆
聽說你可以呼風喚雨
要雨停雨就乖乖不下

讓天晴太陽就出來了
聽說你也可以預知未來
為人診斷病因
替人趕走魔鬼

taramaw 姆姆
聽說你手拿著檳榔
口中念念咒語
就可以讓
吵架的夫妻和好
相恨的仇敵和解

啊，taramaw 姆姆
我只有一個小小的請求
求你把我的心上人帶到我的身邊來
輕輕地對我唱情歌

啊，taramaw 姆姆
我只有一個小小的請求
求你把我的心上人帶到我的身邊來
溫柔地對我訴衷曲

• 2010.07.14

Black is beautiful

走在黃昏的羅斯福路上
許多人指向我說：
怎麼衣服會走路！
噯呀！那路彎[1]，一樣那樣黑[2]
警察把我攔下來，開口就說：
「為何砍福隆，不你死，怕死不抖」[3]
我張大紅紅的的嘴巴大大聲音的說：
「哇係刷地郎，母係肺癆」[4]
啊呀！警察大人

1：naluwan
2：iyanayahey
3：Where you come from, please passport
4：我是山地人，不是菲勞。

不要看我長得黑，其實我很安全
啊呀！各位同胞
不要看我長得很抱歉，其實我很溫柔。
你們沒有聽過美國的排灣族說
黑就是美麗嗎？
Black is beautiful！
Black is beautiful！

附記：本詩應寫於1990年代初，但電腦檔案呈現的時間為2010年11月4日，這時間應是整理檔案最後存檔的時間。

永懷藝風

——悼法楚古

你的死訊像爆炸那般在朋友群中傳開來
難以相信
你竟是以意外的方式嘎然辭世

好友聞風紛紛來聚
在台東馬偕地下的安息室
探望似存餘溫的遺容
還好那塊傳說打中你的巨木沒有毀去你的容顏
不修邊幅一如未久的往昔
為陪伴老友

來的人個個留下來啜飲不知道是誰帶來的酒
有啤酒米酒，更有約翰走路
我們都知道這些都是你的最愛

三杯下肚
有人化作淚水相擁痛哭你走的太急太狠
有人壯了膽開始數笑你做過的傻事趣事
有人依你所屬的排灣族古禮對你怒叱
以為這樣就可以喚醒醉臥的你
但更有人想起你的名言
朗頌著「起手無悔太痛苦」

這一切交織迴響成奇特的場景
彷彿又見你狂狷之影穿梭其中
他們說
　別看你終日難得清醒
你曾是軍中的爆破勇士
他們說
　你雖不比張旭懷素
書法卻自成原始林象
他們說
　別看你醉言醉語

文章富有奇別的韻味

他們說

難以相信形貌邋遢的你

竟然能夠裝置巧思連連的空間

他們說

你那酒精成癮的手

卻是操作鍊鋸最穩的手

可是呀！生命就是那麼弔詭

半生玩弄漂流木的你

成就了伐楚古式的美

最後竟還是沉落到漂流木的巨陣之中
承受那不可承受之重
而他們更說
你被送到急診室時還是清醒的
真難想像從太麻里到台東的路程間
你是怎麼忍過那一切折磨之後闔眼的

許多人都以為你必隨李白追月而去
卻不料逃不開詭木的糾纏
800 公斤的巨木＋你
構成一個驚愕的符號（！）

打破人們對你預設的想像

我是你最愛也最支持的原民團體的理事長
山海雜誌社（中華民國原住民族文化發展協會）
當頭的　依禮儀須在你的告別式上獻上一幅輓聯
謫仙駕返／痛失英才／藝壇震慟／音容宛在
藝風長存／藝靈長存／原藝星殞／英靈永在
這些套語哪能框住你不羈的性格與放浪的身影
但我還是選了一個貼近我思緒的「永懷藝風」

- *2010.11.09* 黎明前稿未完而停筆
- *2023.10.01* 凌晨再修（補最後一段）

時田釀的愛情酒

被稱做「時田」
我以為那是殖民的標記
是皇民化的烙印
萬萬沒想到
那是你們愛情的印記
在冰冷的殖民主義者面前
誰說我們只是被動

男的 Tuki 和女的 Daduway
結合為 Tuki-da

再轉音為 ときだ
最後標上時田的漢文
誰也看不出那是愛情的配方
如詩如酒的芳香
只會心地流轉在孩子們的口語裡
成為新的傳說

被稱做「時田」
原來是你們愛情的印記
在冰冷的殖民主義者面前
誰說我們只是被動

這愛情的配方
如詩如酒芬芳孩子們的心

附記：2011年7月14日在二叔Toyosi（林仁誠）Papuru（寶桑部落）的居所裡，我聽到他向日本學者山本芳美解釋，咱們家日本姓氏「時田」的由來。

二叔説：「會取時田（ときだ）兩個字的原因，是我的父親tuki把他的名字和我的母親的名字daduway的第一個音da放在一起的關係，Tuki加Da等於Tukida，變成了我們的日本姓。」當時在旁聆聽的我直誇祖父的聰明，還未領會其中更深的寓意。

這新鮮的故事在我腦海裡愰盪了幾天，居然愈陳愈香，讓我從名字的故事裡聞到愛情釀的酒香味，原來我那從未謀面的祖父和數年前才高齡95逝世的祖母，竟然相愛那麼深刻。

原來祖父藉著日本皇民化的歷史大戲，悄悄地把自己對妻子的真愛刻到不得不配領的姓氏裡去。他讓兩個人的名字緊連在一起，讓那新起的姓氏中「有我也有你」，深刻到讓子子孫孫們都能透過這個姓氏記住他倆的結合才有我們，我們的繁衍是對他們永生的記念。不過，誰也沒有料到歷史的弔詭，那個外來的，強勢的日本政權，只維持了五十年，而讓我們掛勾的日本文化，也只在我們的家族史裡渡了二代就消失了，但當年tuki藉著自我取名時刻寫進去的愛情，卻美麗透頂。

也許tuki+da幻化為「時田」（ときだ）的文字排列組合，只是一場偶然（倒底，對他們來説文字書寫是新鮮的事，取一個血緣主義的姓名代表自己更是新鮮的事），但是tuki+da的聲音和「時」與「田」的文字結合裡，卻充滿愛情的宣示，宣示「我倆永遠在一起」，透過字的選取，更預告愛情與生活的田園會在時間和空間的交錯結合下發展與延續。

雖然，祖父識字不多，但無妨他胸腹中天生富有的浪漫與詩意。也難怪，我聽説當祖父罹患肝病之際，我們的祖母寧願「傾家蕩產」，賣田賣地，盡一切可能力挽祖父於世，那怕片刻也行。但，天心不仁，即使散盡他們曾經共同擁有的田園，就是不讓她如願繼續擁有相處的時間。田留不住，時間卻證明了無形而永存的愛情。我的祖母，為他，我的祖父，終身未再依卑南之俗招贅新夫。那時間之河裡發酵的愛情田園，始終在他們真實生活和相互記憶的時光裡蘊釀。「時田」這個姓氏，雖然只是偶然地在我們pakawyan家族歷史的長河裡漂過，1945年之後，又在新的歷史洪流，中華國族主義漢化運動之中，被「林」字替代，無緣伴隨pakawyan的子孫繼續前進，但我們仍要記住這兩個字的組合，重點不在歷史，而是，因為，那兩個字有Tuki和Daduway堅貞又美麗的愛情灌注在其中。

鄉愁更愁

鄉愁，不知唱了它幾千幾百遍，愁更愁！
只因為化身紳士的豺狼，不去反增
乘金融海嘯重創之機進行無聲的掠奪
法基舅舅存款不足
依那阿姨遭到查封
拍賣農地的表哥
只好揮別這世居千百年的故鄉
遠走他鄉

馬蘭聚落消失了
都蘭、馬武窟、加走灣的土地

片片轉入號稱新住民的富紳戶頭
在原地生出一棟棟豪宅與民宿
民宿啊民宿，你成了原住民的劫數！

來自遠方的新主人呀
歡迎你們前來養生
我們只能用我們的流離與失所
祝你們
長
命
百
歲

• 2014.02.10

想念媽媽，十年了

911
2004年的911
美國人的黑色日子
更是我傷慟的日子啊！
好快！妳已經離開了十年
想念奔馳在台南往台北的高鐵上
卻追不回所有的記憶
望窗外藍天清澄
西角有夕陽蹤影
紅雲豔豔襯白雲光潔

像是天上傳來訊息
告訴我們　妳已安坐主懷許久
俯視我們　想念

前天
中秋之日
返東河故里
參加舅舅孩子的婚禮
見到很久未見的親戚們
表弟表哥表妹表姊
和他們的孩子孫兒們

還有
阿姨舅舅姨丈舅媽們
看他們健康，讓我高興

但是，最讓我安慰的事
是　凝望他們的臉神和眉宇
因為　神韻有妳的蹤影
是　諦聽她們的話語
因為　鄉音就是妳的聲音

十年了

911 漸漸變成紀念的日子
在想念翻飛的記憶裡與妳相逢
2014 寫於高鐵上

獵人武雄被警押送過部落

車
轉入馬亨亨大道
就看見婦女為我們搭建的凱旋門
她們正癡癡的等待獵人從獵場
歸來
隔著車窗我淚欲下
因為警車押著我們直奔地檢署

第一次，這是第一次
不能以勇士之姿奔跑回家
接受婦人們、族人們的歡呼與慶賀

我望著周圍押解我的警察
抬頭望向青天
強勾住那將要奪眶而出的淚
不要它在他們面前落下
因為我是普悠瑪的、巴布麓的孩子

藍天啊！祖靈啊！
為什麼孩子們按照祢的誡命和律法行事
卻要成為他們眼中的
罪

• *2014.12.30*

附註：2014年12月30日夜11時許，台東縣成功鎮警分局刑警入山逮捕正在依傳統狩獵祭習俗行獵的卑南族Papulu部落九名獵人，引發部落抗議，所有獵人包圍成功分局陳情抗議，要求立即釋放，協調無效，有五名獵人仍遭押送到位在台東市的地檢署，其途必經部落，凱旋變成押送。

怡汝被收回以後的看見

上帝在二十四年前
賜給我們一顆明珠
開始，我們都以為
上帝
開了一個大玩笑
送來了一顆有裂痕的明珠
神怎麼對 Tuki 和秋英那麼吝嗇
始終不明白　我們

但是今天明白了

上帝差派怡汝到來
是要我們去填補那條裂縫
裂縫愈大，要填的工愈多
今天
神又毫無理由
突然收回這顆明珠
我們還來不及回神
我們還來不及明白
但，在那空了的地方
卻讓我們看到
這麼多年來神要我們作的工

一項艱難的作業
浮現了
祂要我們填滿的兩個
最難的字

勇氣和愛

……
不過，明白以後
我們又得了一項新的作業
神要我們練習
面對不捨　互相安慰

要我們相信
怡汝已經到了一個美好的地方
高聲唱著……
大象長長的鼻子正昂揚……

‧ *2016*

附記：怡汝是作者堂弟Tuki的愛女，是帶著智能與形貌遺憾出生的孩子，父母費盡心力照護下長大，卻不幸於照護機構的飲噎意外中離世。作者於2016年7月29日的安慰禮拜中寫下此作。

If one more time, could you more and more?[1]

一頂鴨舌帽
滾一襲肥腰獵裝
拄一支高檔登山杖
伴一身鮮綠衣帽資深美女
出現在維也納擁塞的電車裡
黃皮膚　黑眼睛
旁若無人的說著
遙遠的東方
怎麼能不成為獵物？
果然，就在到站下車的剎那

1：本詩寫作者於 2016 年 4 月 5 日遊維也納時，於名博物館之地鐵站下車之際，遭遇扒手的心情故事。族兄孫大川先生覺得好玩，常於聚會時要求作者朗讀。詩題是作者故意不求標準英文語法。

發生了事情！

但，沒有三兩三
那能拄杖上梁山
他忽感妖氣逼身
有一隻如蛇的手鑽入衣體
乃反射性地施展鷹爪功
一把攫住的
竟是，少女的柔荑

獵人反成獵物

她像中了陷阱的狐狸
擺盪著棕色長髮
閃爍著驚慌灰眼
拉扯著淒求脫困

放或是不放
竟成老頭難題
許仙，許仙，何懦耶？
遂讓她留在裡頭
他到外頭
望電車奔馳離去

不過是驚鴻一瞬罷了
帽在，杖在，槍彈依舊在
那觸身猶溫的餘悸
竟憑添一個老頭的悵惘

暗忖
衣服彎摸太ㄇ……
懇求摸爾顏摸爾……

傷心9電[1]

她
布拉格
像詩一樣的名字
有莫爾道河的樂音從中穿流
流出波希米亞的傳統
流出捷克斯拉夫的靈魂

陽光舞動
紅的、綠的、黃的、紫的色彩
妝點兩岸牆面與壁飾

1：2016年4月6日修稿並完成於維也納飛曼谷途中，記4月2日慧慧於布拉格9號電車遇扒手事情。

倒映水底柔波與浮光
是這般童話孕育了
慕沙的五彩點繪
科琳慕德的繽紛

走在向陽的街道上
捕捉陽光燃燒的餘暉
順磚石砌成的古道和巷弄
追尋玲瑯耀目的蘇凡尼爾
千挑萬選
只為編織屬我的旅行傳說

美
總是讓人
忘情、忘憂、忘危
在夕陽下滿載背囊
獨自登上9號電車
叮噹電鈴聲中向男伴們揮手
他們要往更深的夜裡探索
而我只想安歇在
這城的懷裡
旅店站到了

旅店站到了
下車的旅客請不要忘記妳的行李
卻有陌生男子擋住我的去路
後頭也有擠來的旅客碰觸我的揹袋
須臾間，還躊躇，車又將行，
一驚！乃斷然鑽出人陣
卻發現
擠掉了囊中的要物
薄夜冷意催冰淚
伴我涼透的心躲入暗房　哭泣

令人信心失喪的城啊　鬼影幢幢

感傷與悼念

被扒走的美麗記憶……

端午節

——有感於徐慶東之詩作而狗尾續貂[1]

有詩人問
「看到水
就滑
就停船暫借問
一則千年的尋人啟事」

我驚嘆
這麼些年來
你的問！你的騷！你的離……
竟把東方水世界一一捲入

1：寫於 2017 年 5 月 29 日，曾分享於作者 FB 上。

從長江到江陵
連我們山裡的原住民
也帶著阿拜加入
在每一條溪流
在每一個湖泊裡
划舟搜尋，搜尋划舟
要找很久很久很久以前
從汨羅江流失的一具遺骸

那麼累幹什麼？
這一場跨越時空停不下來的偵搜獎賞

有多重？
只不過是串串米飯包餡的粽子罷了！
卻引來長江
和那江陵的兩地人民
到聯合國裡大打筆仗？！
要爭
是你的傳統，還是我的遺產。

這正是你的偉大啊！
敢自我了斷
又搞得無影無蹤

就成了無形的文化資產
「讓世人
看到水
就滑
明知是無解的懸案
還是年年踏尋
你遺留在水中的
名字」

又到了他們下水找你的時候了
嗯……我累了

就留在岸上吃個粽子吧

據說

這些阿拜原本是要做給你吃的

由於……

還沒有你的消息

那我就先用了……

圍巾

五彩的圍巾
環繞如雲的頸項
滑過香肩
似彩虹瀑布
流披在藍藍長長的衣身
襯托
柳垂的黑髮
細護著湛光的月臉
翹唇邊
掛著的小小酒窩

是懷夢詩人的
醉愛

• 2017.08.21

斯風輕撫吹思談[1]

那路彎
那路怎麼那麼彎
莫不是
認同道路彎又長
喝海洋
海洋怎麼喝得完
就像那
生而有涯學無涯
寫不盡
胸中丘壑筆墨嘆

1：吹思談（Tristan）係作者博論指導老師謝世忠教授英文名，為賀其生日寫成於 2018 年 5 月 9 日下午四點十分過龜山島返東普悠瑪號車上，後有請甥女 Senaban 譜成曲。謝世忠教授以《認同的污名》一書聞名，喜歡吹奏薩克斯風。

弄薩克

斯風輕撫吹思談

Alamu，來，夏令營

為什麼要學比努優瑪樣的語言？
它又不能像英語帶我們邁步走向世界
它也不能像中文讓我和同學快樂交談
爸爸媽媽
為什麼要帶我來夏令營學難懂的語言？
那一種，連爸爸媽媽也都不再說的話
為什麼要我去學？學會了要跟誰去說？
學會了，也只是一隻寂寞的鸚鵡
向空蕩的山谷歌唱
沒有回音，也沒有掌聲？

孩子啊！你說得對！
爸爸媽媽無能去做的事
不該強加在你們的身上！
你們有自由選擇的權利
但是，請聽我們說：
你們的 mumu 曾對我們說
就在我們腳站著的地方
曾經是上帝許諾給我們的伊甸園
曾經有一座花園充滿安徒生童話
曾經有一座迸出孫悟空的花果山
的大石頭，也誕生了我們的祖先

你知道嗎？

這失落的花園是一個寶藏

裡面有說不完的本土故事

裡面有不一樣的野生遊戲

裡面有不一樣的思維邏輯

裡面有豐富你靈魂的自然

裡面有

讓你不一樣就是不一樣的土壤

但是，孩子呀！

要想進入這座花園

必須取得一串鑰匙
一連串　用
比努優瑪樣的語言串起的鑰匙
一支一支地打開一個一個的門
會有無限的驚奇等待著你們來
聽說花園的門最喜歡小小朋友
年紀愈輕的愈能推開厚厚的門

孩子呀！要不是被
名為國家綽號現代的賊
偷走了學習機會的鑰匙

爸爸媽媽也想走進祖先的花園
可是，現在身體老了舌頭硬了
只好請你們幫忙推開
那一道又一道的門！

孩子呀！我們不反對
學好英語邁向世界
擁抱中文流暢交談
但是，我們深信
打開比努優瑪樣花圈的門
可以讓你連結祖先的智慧

可以讓你的生命更加豐富
可以帶著花園裡的寶藏
踏上旅程，告訴你遇到的人們：
這是比努優瑪樣送給世界的禮物
依呀嗬海洋

• 2019.08.14 清晨

附記：本詩作是為2018年族語夏令營而寫，收在夏令營手冊之中。

登花甲之鈴之頌

一直不解
為什麼叫妳「獅子」
多可怕的名字！
難道因為妳長得像獅子
還是，因為妳排行老大！
或，妳曾立志當大姊大？
這是我從小就埋藏心底的大問號

直到我長大，懂了日文
才知道長輩口中的獅子

竟然是

鈴（すず），多美的聲音……すず

讓我想起風鈴

讓我想起彩虹衣上的綴鈴

讓我想起妳的歌聲

如銀鈴般……如詩

對呀！

喚妳為「詩子」不是更適切嗎！

妳，得名為鈴，すず

應了命定的使命

啟口如鈴，成就了歌唱事業
張耳聽鈴，鑽進了靈媒世界
決志搖鈴，走入了族語傳承

獅子是すず 似詩子
鈴是娜鈴，林娜鈴
響了一甲子要再響一甲子

• 2019.11.27 清晨

宜人的海灣

宜灣，宜人的海灣！提到這個地方，就會想到蜿蜒行進如海灣幅度一樣灣灣美麗的舞隊，踏配著男子背後的綴飾整齊擺盪，緊緊回應著海浪的韻律，一波又一波始終不懈。如此踏踩千百年，歌聲舞影早已融山海為一體了。看見宜灣海浪拍岸，宛如宜灣舞者起腳翻飛如浪。

宜灣，宜人的海灣！眼前藍藍的海色，就會想起一位彎身拄杖緩行的長者，那看似被命運拋棄的人，竟以此得名為Lifok，在這一灣沙灘礁岩礫石上，由少年走到白頭，一步一淚的成長，一字一汗地寫出百萬之言，盡顯了宜灣的文化內涵，拉開了歷史的景深，讓人看見這宜人的海灣，流出珍貴如潮般黃金的歲月，成就了另一個名為黃貴潮。

• *2020.05.09*

台11線的彎角

台11線最迷人的地方
在不經意間的轉彎處
山海世界就亮出驚喜

眼前島影浮現台灣島
最最東方美美的嘆息

那名為比西里岸的嶼[1]
原本是放羊的牧野地
成了三仙情爭的舞台

1：比西里岸，阿美語，
放羊的地方

鐵枴暗窺仙姑洞賓會
引千萬人四方來爭睹
有三仙的戲台三仙台
然而仙蹤邈邈空留景

於是
撿美石把玩的撿美石
拾海螺紀念的拾海螺
守護的海靈及發烏安[2]
發出龍吟般怒濤悲鳴
攔不住更多更奇的客
奪去原屬自然的自然

2：及發烏安，阿美族人傳說守護三仙台的海靈

台11線的駕駛請留心
道路彎角典藏著故事

• 2020.08.12

攝影／程馨／2020.08.12
（p15，p55，p103 各輯篇名引用）

慈顏
長在我心

最初
妳是我眼中
朋友的母親
容顏慈祥又美麗

後來
得知妳是頭目
一個部落的領導
太麻里溪的傳承者
東排灣族文化的燈塔

容顏依舊慈祥
從此多了尊貴的光輝

現在
妳離世多年
但時不時會在
書中看見妳的名字
高玉蘭
高山中的玉蘭
每每如此相逢
妳的慈顏

總是再一次翻騰
我的記憶我的歉意

竟然不知妳的離開
沒有出席告別的儀式
也許沒有告別，所以
慈顏長在我心

• 2021.04.27 回應溫奇懷思母親高玉蘭而寫

望綠島

阿美族說
有一個男人捕魚失蹤
漂到一個島嶼
島上住的全是女人
那島嶼叫做 Sanasan

卑南族說
有一個男人叫 patakiu
調皮搗蛋
被族人流放到島上

那個島也叫 Sanasan

日本人說
社會上太多不務正業
的浮浪人
把他們集中到一個無害的地方
那個島叫火燒島

國民政府說
保密防諜人人有責
莫名奇妙

有一群人被送到那島嶼
那個島叫綠島

現在呀！遊客說
這綠島擠滿了人潮
像一隻船
在大海裡漂呀漂
姑娘呀！我想要問
它，到底是神話之島
還是關島

• 2021.08.08

其茂布揚

——懷念永遠的陸教練

Sigiru，你的族名
來自日語發音的名字
しげろ其意為繁為茂
應是灌溉了長輩的期望
盼望你能繁茂所在之陸

沒想到
你竟在這樣的時刻離去
是不想大家傷心送你嗎
這不像你的作風

因為凡你走過的　所在的　必
熱熱鬧鬧歡歡喜喜笑笑鬧鬧

但聽說球場上的你
不一樣，很不一樣
也是啦
一位榮得世界杯的教練
怎麼可能輕鬆浪漫
不催不逼不激不勵
那運動員內藏的極限能量呢
若不如此

怎麼能使他們歡呼之姿
印上伍佰元鈔票的畫面裡
印入所有國人的心與口袋
印成歷史的標記與榮耀
更成為你的「名片」呢

所以，今天
凡被你錘鍊過的孩子
許多都自動歸來
回到　原初與你相遇的地方
回憶　因你而改變的人生

回想　與你一同奮鬥的日子

回品　為了孩子而入虎穴的故事
回尋　那些年每一片精彩的時光
回溫　你那既嚴格又調皮的模樣

現在的你
走出了球場生活
離開了人生跑道
榮歸了天家樂園
然，但凡你在世上

走過的陸待過的地
專心耕耘過的地方
早已繁花似錦永遠茂盛

陸教練，再見了
再也看不見你的地方
其實你還在
你的精神還在
每一位帶過的孩子的身上
都承接了你棒球的ＤＮＡ
都成為各界裡搖滾的精英

願在天上迎接你的父
在你榮得的獎杯之中
滿注慰勞你一生的酒
永享天國滿滿的喜樂

• 2022年5月27日敬撰於 *Batun Rouge LA USA*

附記：與陸教練同年生我稍長，但他長我一輩。所以，每一次見到面都要在說哈囉之後敬稱一聲叔叔。新聞媒體鮮少提及，他是台灣著名音樂家陸森寶之侄。

妳了解我們的明白——

謹賀魚住悅子老師榮獲一等原住民族專業獎章

原住民，是小小的眾
在台灣
一百人中只能握到二位原住民
在華文的世界裡
要穿梭二萬五千人的人陣
才有可能看見原住民
我好奇
妳的目光是如何投射到
這小小的眾生上
但我讚美妳眼力如鑽

原住民文學，是野地的花
缺乏文字工具的表述
只能像忙碌地寄居蟹
不斷尋找文字的殼
或荷文或日文或中文
很難理解
妳是如何透過硬如磚石的中文
一字對著一字
一句對著一句
了解我們的明白的

揮別了沉重而又令人窒息的二十世紀
二十一世紀
我們原住民世界迎來了新朋友
妳，魚住悅子，和二十二部宏宏譯作
那是二十二座文化心靈的橋樑
高架在台灣作者與日本讀者之間
彷彿南來的親潮交流著北上的黑潮
跨越了文化與國界豐潤了文學海洋

自從認識妳以來
只要看到或聽見妳的名字

心裡就迴盪那二千多年前的故事
子非魚，焉知魚之樂
子非魚，焉知魚之不知
我不禁連想
子非蕃，焉知其樂
子非原，焉知其悅
我想像
是不是因為妳心中有魚住
所以
特別認真感知不同的心靈
這動力，啟動了

你瞭解我們的明白
而現在我們也明白你的瞭解了
那是何等的重要與榮耀的成就

且讓我們圍坐分享慶祝的美酒
一同歡呼
呼呼呼　魚住悦子
一同高歌
naluwan wonderful
naluwan 喝海洋

一位也仰望著妳來翻譯拙作的可憐落魄人

林志興　敬上

2022年10月29日

陪妳野餐

妳的人生畢業了
典禮，來了意料外的人潮
送妳登上千風號列車走了
向未知的世界，天國去了

典禮的午後，家人族人友人
女的到妳的田裡去 temalri'uma
在妳種過的撫過的花草間緬懷
男人都到河裡去 purebu 生火堆
用縛有陶珠的五節芒沾水淨身

更向火裡投入三粒白石並唸著
「等這火燒爛了白石再相見」

昨天
在 taramaw 靈媒的帶領下
家人族人友人又到了河邊
不怕一夜的綿雨漲起的水
細雨中男男女女一一下水
頂著寒風 kisuap 行祓禳
一而再再而三進行的儀式
都是在好好的小心的告別

堂妹婿
Daliyanu

今天
男人們再度集合整裝出發
向東河鄉的成橋的地方去
進行 meraparapas 的活動
要卸下多日來的心靈負擔

我們在歇腳野餐處設竹架
把妳愛吃愛喝的一一掛上
米酒伯朗美式黑咖維士比
Semi 啊，我的愛妻
祭師長老們都說妳會來吃

我就離開眾人來陪你用餐
吃著吃著碗中的辣椒太辣了
眼淚怎麼也止不住的流下來

Semi 啊，妳會來吃嗎？
還是，要等到……要等到……
那些白石頭燒爛了以後……

• 2022.01.30

附記：本詩以辭世的Semi妹妹的夫婿Daliyanu的視角寫下。從準備詩密（Semi）的人生畢業典禮以來，心靈一直處在禁錮的狀態，想抓住什麼東西，舒放一下我的沉，我的悶，直到今天看到了這一張照片的景象，我的心，我的眼，才被辣椒辣到了……

Missisipi[1]河畔過端午

我在密西西比河畔過端午
找不到粽子投向空空的腹
去回蕩出一些些詩意來
當然，也不好
把密西西比當成汨羅江
紀念積怨成屈的祖詩爺

我，來自東方的原住民
（實際方位應在西方）
每每唸到

1：據維基百科所述，此字乃法語源用美國原住民之語，misi zipi 意「大河」。

Mississippi 時
就有尿意升自丹田以下
總會誤念成
Puyuma 語
misiisi mi（讓我們一直尿吧）2
想想也是餒，你看那北美洲
不是一個龐大雄偉的「尿褲」嗎
從加拿大開始累積成大河的水
Mississippi 一直尿到墨西哥灣
不是嗎？

2：感謝姑姑林朱佩老師在卑南語方面所賜建議。

坐在密西西比河岸邊的城市
Baton Rouge（紅棍，還是赤木）[3]
握一杯注滿溫熱咖啡的馬克杯
想起現在的我，與我的偶像
馬克吐溫竟已靠的那麼接近

3：Baton Rouge，女兒告知為法語「紅棍」之意。我說：「譯成紅棍不雅，『赤木』不是更好嗎？」她不以為然地說：「啊他們都這樣翻呀！」後來我想起殖民的歷史和殖民者的嘴臉，覺得「紅棍」更為貼切。

・*2022.06.04* 晨寫於 *Baton Rouge*

附記：凌晨4時許，接到前監察院副院長孫大川兄的電話說「走啦，台東詩人節的晚宴時間快到啦，出發吧！」我告訴他「我現在在美國，時間是凌晨4時左右」，彼此聞言而笑。放下手機以後，我也睡不著了，於是坐在床頭，把著平板寫下了這首詩作。今年雖缺席但仍能聊以紀念「台東詩人節」。

2022年母親節
獻給媽媽們
的禮讚

母親是生命的搖籃
更是生命的載體
且看那降臨人間的生命
誰不經由母親的身體
能夠平安健康的降臨
你看連耶蘇基督的降生
也是要經由母親瑪麗亞

對所有的孩子們來說
我們都是被安排搭乘

最豪華的頭等艙享受
十個月的航程
美麗的空服員
無微不至的懷抱與照護
承受最大的苦難與疼痛
才完成護送到站的使命

落地以後
你以為任務就結束了嗎
她，曾經美麗的空姐
馬上換下華美的衣裳

圍上 sukun 轉任
負責終身保固的照護員
應付那吃喝拉尿與病痛
⋯⋯
哦，照護員
不足以形容她的偉大
應該叫「媽媽」才對

從此以後，
那被稱為媽媽的女人
在孩子的漫漫人生中

將成為我們的
幫助者、教導者
讓我們勇敢地踏出步履
終至離開她而走向天涯

她會成為我們的安慰者
在我們跌倒受挫遇到不公
甚至受到別人欺負
而忘記禱告的時候
成為我們的後盾和代求者

更多時候她是我們心聲的
聆聽者、諮詢者、鼓舞者
她承受我們的一切的一切
只為了我們能在愛中成長

你且去找
世界上最強大的人力公司
徵不到二十四小時免費的褓母
又要求無微不至和體貼服務
直到不堪負荷倒下為止的人
這種人，不，不是人

只有在上帝的國度和企業裡
才能找到祂所派遣
化為母親的天使
難怪猶太人的諺語會說：
「上帝無法到每個角落照顧每個人
所以創造母親」

若問人世間什麼樣的愛
最接近上帝的愛
那一定是母親的愛了

想到母親的愛
人們總會歌頌
母親像月亮
我們知道月亮不發光
但是折射了太陽的光
他們承接聖靈的光芒
加溫柔地照耀著我們

所以，我們虔心的禱告
願上主賜福所有的媽媽們
母親節快樂！

賜她們平安、健康、喜樂
還有那些身為孩子的人們
能了解認識與感念偉大的
母親的愛
和上主　祢的愛！

附記：2022年4月30日奉教會師丈之示，為迎接母親節，請作者為普悠瑪教會的媽媽們寫一首禮讚的詩。寫於美國路易斯安那州Baton Rouge市。

依蜜[1]

——普悠瑪媳婦

那人並不怎麼人樣
以前如此現在更是
當年也不知怎麼滑了雙眼
就跟了他做普悠瑪的媳婦
跟著跟著就跟了三八年華
為他下廚為他生育
為他打理家園
還要為他整理筆記
他們的語言的……文化的……
還當了家族族語班的班長
投入語言文化復振的救援

1：依蜜（imi 長輩對媳婦的稱謂）；mangayaw（大獵祭，年祭）；padrekan（揹籃）；laluwanan（迎接狩獵男子歸來之地）。本詩是作者為其夫人而寫。

攝影／然木柔
／2022.12.31

不知不覺地成了
道道地地的「依蜜」

今天是 mangayaw 的日子
戴上花環圍上花紅裙
揹上詩蜜妹妹親製的
padrekan 往 laluwanan 去
夾在眾婦女姐妹的人群中
往狩獵歸來的隊伍裡尋他
要為他戴上花環又要換裝
誰還認得出我是排灣姑娘

• *2022*

岩壁上
獨舞的樹

或許你會詫異
我為什麼會在這裡

請不要驚訝
我是一名舞者
正以肉眼無法感知的慢動作
用一生的時光來跳這一支舞

雖然，我無法選擇所謂的舞台
幸好，還可以把所在變成舞台

攝影／程馨／2022.09.16

男森的禮物

女森[1]要過節了
男森必須關切
送什麼禮物好
荖藤最好
荖藤配檳榔越嚼越有滋味
好比男人配女人生生不息

走，男森上山採藤去
愈長愈好
必須滿足所有女森的要求

為此
阿拉阿拉巴特帶著萬沙浪
帶刀入森林穿草叢覓荖藤
把緊緊糾纏樹幹不放的它一一拉出
然後用年輕的力量抬放到部落邊界
等待節日的大清早老男森的到來
溫柔熟練地用輪傘草把藤接起來
像極了長長的拔河繩
好讓花枝招展裝扮美麗的女森們
一起拉著跑著展示撒來伴的精神
也秀一秀男森們的心意

這就是華麗的mugamut[2]的底蘊
互相尊重相互關懷的男男女女
是為了共同維護與守護部落
日漸稀釋的關係、邊界與身影

1：我在部落年青女生的臉書上，常見一個詞「女森」，開始不太懂，直覺認為是年輕一輩的新流行語。後來，在生活中聽到她們的言談常出現這個聲音，我才醒悟，原來她們在自嘲部落裡說國語時，「生」與「森」兩字的混淆。然而，自嘲成習慣了之後，不標準的唸法反而成為自我認同的標記。起初，我聽到「女森」之間用的多，較少聽到使用在「男森」群中。本人覺得有趣。特別在此詩之中加以運用，以反應部落生活口音的「真實」。

2：此詩的背景脈絡講的是卑南族年度四大歲時祭儀中的「婦女完工慶」（mugamut）。關於這個節日的訊息，網路上有不少或簡或詳的介紹資料，有興趣了解的讀者可自行上網搜尋閱讀。作者在此詩中特別捕捉的是這節慶中男性們要送女性們的儀式禮物：荖藤。「荖藤」是吃檳榔時不可或缺的佐料。隨著檳榔文化的盛行，種植荖藤已成為台東重要的農業經濟作物。但是，卑南族（南王部落）祭儀中做為男性贈送婦女禮物的荖藤，仍然要採集野生的為主。由於取之不易，要深入盤根錯結的叢林或森林中採集，所以，益顯男性的誠意。為了滿足所有參與活動婦女的分配需求（多的話會到二三百位婦女參與），所以要採拉多條荖藤，並將之連結成一條長長如拔河繩的禮物，放在部落邊境（通常是在通往卑南遺址公園的大路邊），等待排隊而來的婦女們共同提持跑步回到部落主辦區最年長的婦女家中（部落分有四區，每年輪流舉辦此項活動），等儀式活動結束後的第二天，在前述最資深婦女的家中歡樂分享男性們所送的禮物。卑南族的傳統生活很強調男女有別，這個「有別」常體現在日常生活或祭儀中的「禁忌」或「交換儀式」的關係中。贈送「荖藤」就是男女「交換儀式」中的一種。但願此詩有努力呈現出這個特殊文化氛圍。

—附篇—

穿上彩虹衣

在大二那年，認識了一位圖書館系的學長，人長得可真是清俊高䠷，身長約莫有百八十公分吧？

有一夜，如果沒有記錯的話，應該是在六十六學年度下學期開學就逢到的那個元宵夜。當時視聽社為我們這群離鄉的遊子，特別安排了電影欣賞的活動。當電影開始才五分鐘左右，廳前邊門忽開，這位老兄赫然出現；提著燈籠，穿著藍色長袍，在眾目睽睽下瀟洒地走到第一排座椅前，慢條斯理地覓了個最妥當的位子坐了下來，惹得全場人士嘖嘖稱奇。

「好個溫文爾雅的書生！」我夾在人群中跟著讚嘆不已。

散場後，我特地迎上前去讚美，更一路併肩隨行返舍，沿途不斷有許多女同學側目睇視，在拋來青睞的平行線上，我也享受著掠來的餘目之情而與有榮焉。

起初我還以為他只是偶然興起的風雅之舉。可是交往久了，在參觀過他在校外租來——寒酸但不失高雅——的小舍之後，我改觀了。由緊貼著牆壁，似乎危危不勝負荷滿是古書的書架，和珍藏了數十套我不曾領略過，那麼悠悠渺渺的國樂唱片。我才瞭解不盡然是一時之舉。事實上，成為一位典型的傳統書生，是他追尋的理想。為此難免超脫時代的節拍而顯得狂狷，卻十分的可愛可敬。

而我也和他一樣，心中有一個願望，就是成為一位典型的山地知識分子。為此，我的書架也漸漸集滿了各類與山地有關的書籍和資料。而且任何時刻任何地方，只要聽到陌生的山地音樂，總是設法學習，不然也一定要錄下。這一種執著和狂熱，自忖不亞於那位學長。可是問我敢不敢穿山地衣服上街去，我卻要躊躇一番。

曾聽說過這麼一段未經證實的故事，蘭嶼民眾服務分社曾好心地為未見過世面的雅美族老同胞們舉辦自強活動，特別安排到繁華的大台北參觀。這些同胞長老們的腦中，盡是山海的印象，幾曾見過車水馬龍的景象。所以有一位長老難抑驚歎！在自由活動的時候，禮貌地在傳統盛裝的丁字褲上再穿上公發的西裝，興奮地選了最佳的位子——天橋上——飽覽比太平洋上夜裡燃炬引飛魚撲火更壯觀的景象。恣意忘我之際，哪裡知道他自個兒已成了突兀的一景，更多的人在訝然觀賞並輕笑。

我忘了問，當發現奇異的眼光時，這位同胞長老的感受到底如何。我敢相信，從此以後他不會那麼自然地穿著了。

走筆至此，才猛然發現，就是這原因，我們美麗的衣服，竟然只在慶典祭儀的時候，才堂堂披掛上身。算算一個年頭大部分的時間，都是讓它掛在家裡的舊衣櫥中渡過，不禁惕然於它的冷落。但，還有更勝於此的呢！即便是像慶典祭儀這般重要的日子中，恰好遇到了要事，需外出村落時，許多同胞總是會再添件外衣，才略為放心地外出。那件外衣是為了謙虛才遮住豔麗惹目的族衣？還是為了遮住藏在心中的隱卑？這又使我想起以前辦晚會時，邀族人表演，雖然就住在附近，卻少見大大方方著衣而來的，總是提著包袱到更衣室才換。演罷，又速速地換回。

為什麼？不敢堂堂地穿上族服，自在地倘佯在人群中呢？難道祖先傳了千百年的衣服，現在只有在慶典中才有意義嗎？或者只淪為一種舞台裝束？曾經榮耀過的衣飾為何要躲躲藏藏？長老的自然為何變成突兀？難道都成了奇裝異服會被取締？是的，有一幅漫畫得好；一個文明人到了原始島上，所有的島民都指著他視為異類，因為只有他穿了衣服，和大家不一樣。而當我們變成極少數之後，似乎也成了異類，曾幾何時「故鄉」竟變成了「異鄉」。為此憑添了我無盡的鄉愁！

也許有人會安慰我說；「何必如此多愁善感，時代會變，潮流更會變，何況是最善變的衣飾呢。」的確，但我還是鬱鬱地，因為變化應該有影有序的，而我們變化的未來卻似乎將無影無蹤，可嘆的是——連追尋和重塑影子的心也無！唉！但願只是過當的悲嘆，聊作詩一首，藉以排遣——

你那衣服真漂亮
虹彩的布上
繡滿了紅藍綠白的樣
有花有草奔騰著獸
有山有水飄擁著雲
更綴掛了　像星星的小鈴噹
叮叮噹噹
叮叮噹噹的伴著
你那快樂的舞步
響遍平原和山崗

你可是天天穿著　倘佯

不是　不是　現在
這曾蘊含了天地萬靈的衣
一年四季

只敢　在跳舞的時後　才披

1987.10.01 深夜寫於澎湖

〈穿上彩虹衣〉
（官方完整版 MV）

林志興／詩詞，
李玉琴（「南王姊妹花」李諭芹）／演唱
陳建年【海洋】音樂創作專輯

國家圖書館出版品預行編目資料

族韻鄉情／林志興著. -- 初版. -- 臺中市：晨星出版有限公司，2023.11
面；　公分. --（台灣原住民；71）
ISBN 978-626-320-646-5（平裝）

863.851　　112015431

線上讀者回函，
加入馬上有好康。

台灣原住民71

族韻鄉情

作者	林志興
本書策畫・導讀	瓦歷斯・諾幹
主編	徐惠雅
執行主編	胡文青
校對	林志興、瓦歷斯・諾幹、胡文青
美術編輯	黃偵瑜
封面設計	柳佳璋
創辦人	陳銘民
發行所	晨星出版有限公司 台中市407工業區30路1號 TEL：04-23595820　FAX：04-23550581 E-mail：health119@morningstar.com.tw https：//star.morningstar.com.tw 行政院新聞局局版台業字第2500號
法律顧問	陳思成律師
初版	西元2023年11月05日
讀者服務專線	TEL：02-23672044 ／ 04-23595819#212
讀者傳真專線	FAX：02-23635741 ／ 04-23595493
讀者專用信箱	service@morningstar.com.tw
網路書店	https://www.morningstar.com.tw
郵政劃撥	15060393（知己圖書股份有限公司）
印刷	上好印刷股份有限公司

定價 350 元
ISBN 978-626-320-646-5

Published by Morning Star Publishing Inc.
Printed in Taiwan

穿上彩虹衣

你那衣服真漂亮
虹彩的布上
繡滿了紅藍綠白的樣
有花有草奔騰著獸
有山有水飄擁著雲
更綴掛了　像是星星的小鈴噹
叮叮噹噹
叮叮噹噹的伴著
你那快樂的舞步
響遍平原和山崗

你可是天天穿著　倘佯
不是
不是　現在
這曾蘊含了天地萬靈的衣
一年四季
只殺在跳舞的時候　才披